Andreas Maier trifft Wilhelm Raabe

Der Wilhelm Raabe-Literaturpreis 2010

Herausgegeben von Hubert Winkels

Suhrkamp

edition suhrkamp
Sonderdruck
Erste Auflage 2011

Originalausgabe

Druck: Druckhaus Nomos, Sinzheim
Umschlag gestaltet nach einem Konzept
von Willy Fleckhaus: Rolf Staudt
Printed in Germany
ISBN 978-3-518-06156-5

1 2 3 4 5 6 – 16 15 14 13 12 11

Inhalt

Hubert Winkels
Vorwort

»Ich bin. Aber ich habe mich nicht. Darum werden wir erst«, sagt Ernst Bloch.

»Ich war einmal«, heißt ein Buch von Arnold Stadler.

»Ich war einmal, heißt es bei Arnold Stadler«, heißt es bei Andreas Maier.

Vom Werden handelt eine Philosophie der Utopie, vom Werden vom Ich zum Wir.

Von den Verlusten des Werdens, den Kosten des Wandels, dem Preis der Zivilisation handeln Stadler und Maier.

Dass Andreas Maier zitiert, statt zu behaupten, ist kein rhetorischer Trick oder gar Zufall. Der Erzähler als gelernter Philosoph, bei Karl Otto Apel trainiert auf das Erkennen performativer Selbstwidersprüche, weiß, dass das Paradies verriegelt, der Weg zurück versperrt, der Blick in die Vergangenheit gelenkt ist von den Erfahrungen und Erwartungen der Gegenwart. Der Rückblick trifft entweder auf Idiotie oder auf Philologie. Im ersten Fall ist es jemand, der auf den Kopf gefallen ist und die ganzen Mätzchen der rationalen Selbst- und Weltkontrolle nicht draufhat: der sympathische Barbar. Im anderen Fall ist es ein literarischer Text, der den Verlust, ohne ihn zu beschönigen, bereits verwandelt hat in etwas Schönes. Im ersten Fall sind es Ludchen Bock bei Raabe oder Onkel J. bei Maier. Im zweiten Fall ist es Wilhelm Raabe, als einer der wichtigsten Schriftsteller für Andreas Maier.

So fügte sich alles gar wundersam und vor allem wunderbar für alle Beteiligten, als Andreas Maier 2010 den Wilhelm Raabe-Literaturpreis erhielt. Soeben hatte er sein emphatisches Nachwort zu Raabes Alterswerk *Altershausen* veröffentlicht. Die Raabe-Kennerin Katrin Hillgruber, Mitglied der Literaturpreisjury, hatte zuvor schon die Verwandtschaft von Raabe und Maier ausführlich beschrieben, ja gefeiert, und sie an den beiden Figuren Ludchen Bock und Onkel J. gezeigt, was sie jetzt auch schriftlich fixiert hat für dieses Buch. Und der Schriftsteller und Philologe Friedmar Apel hatte auch sofort das Raabe und Maier über mehr denn ein Jahrhundert Verbindende im Sinn: Raabe, die Epoche der Industrie, der Beschleunigung und der Invisibilisierung der Zusammenhänge in ihren Anfängen skeptisch aufnehmend, und Maier, sie als ein Ganzes summierend und heiter beklagend oder auch traurig feiernd, die Form und die Motive suchend, in denen der Verlust komisch und elend zu fassen wäre.

Alles fügte sich also schön und sinnreich rund um den 15. November 2010, das Bezugsdatum der Preisverleihung, genau hundert Jahre nach dem Tod Wilhelm Raabes, in dessen Lebensstadt Braunschweig. Andreas Maier verfügte sich gar zum Friedhof hin, um dem langen Dunklen seine Reverenz auch physisch zu erweisen. Es fügte sich auch für die Veranstalter des Preisgeschehens, insofern es exakt das zehnte Jahr des neuen Raabe-Preises war, den die Stadt Braunschweig und der Deutschlandfunk seit der Jahrhundertwende vergeben, damals, 2000, mit dem leicht geschockten Rainald Goetz als erstem Preisträger. Der Preis selbst ist einer der ältesten in Deutschland. Man kann ihn auf die frühen dreißiger Jahre zurückdatieren, als er nationales Weihefestspiel war in der Stadt, die Hitler eingebürgert hatte; oder auf 1944, als mit der Preisträgerin Ricarda Huch, nach Jahren nationaler Hochstimmung bei den Verleihungen, noch im Krieg! neue Zeichen gesetzt wurden.

Er hat also einiges auf dem Buckel, dieser Preis im Namen Raabes, und jetzt, da er so besonders lange durchgehalten hat, wird sichtbar, dass der Namensgeber immer wieder neu aus Verlesen und Verfälschen, aus Verkennung und Vergessen auftaucht; dass er im Kern resistent ist gegen Konjunkturen und Korrekturen wie nur je ein großer Schriftsteller, und das schönste Zeichen dafür sind die vielen Autoren, die in den letzten Jahren geradezu leuchtende Bekenntnisse zum Forsetzungsromanschreiber Raabe abgelegt haben, wodurch dieser ironischerweise als historisch adoptierter writers' writer erscheint in den Deutungen von Arno Geiger, Katja Lange-Müller, Klaus Modick, Brigitte Kronauer, Gustav Seibt, Jochen Missfeldt, Heinrich Detering, Christof Hamann oder eben Andreas Maier.

Und da sich das Fügen gerade so gut fügt, ein Weiteres: In diesem Jahr hatte die Raabe-Beschwörung, die nicht jeder Festakt ist, auch etwas Programmatisches, nicht eben Bloch-revolutionär-Programmatisches, aber doch etwa etwas Anti-Bloch-innehalten-Programmatisches.

Bei Katrin Hillgruber sind es die Zeitverhältnisse, die in die Kindheit weisen, der man im Alter nur in Aberwitz und Kontrollverlust begegnet, verzerrt mithin und unbetretbar wie auch die Heimat, von der Bloch in seinem berühmtesten, immer nur, und so auch hier, lediglich halb zitierten Satz sagt, dass noch niemand in ihr war. Und es sind der ökologische Blick und der Wille, den Willen abzurüsten, um sich und (das) andere sein zu lassen und mit sich zu verschonen.

Bei Friedmar Apel resultiert aus solcher weltverschonenden Abrüstung eben die Fähigkeit zum genauen Hinsehen, zur Aufmerksamkeit auf die Natur des Einzelnen, das Einzelne der Natur, das ohne Kenntnis der Namen nicht zu haben und zu leisten ist, zur Besinnung auf den realen Raum – und das in einer irrealisierten, zunehmend virtuellen Welt: die Rehabilitierung des Augenscheins gegen die abstrakte Erlösung (Monotheismus) wie gegen die arithmetische Auflösung (Digitalisierung).

Und Andreas Maier selbst schließlich betont die Langsamkeit, ja die Ethik und Ästhetik der Langeweile bei Raabe, seinen Verzicht auf den großen Wurf, die laute Einsicht, die tolle Geste, den geraden Weg. Spaziergänger zwischen den Zeiten, zwischen den Seiten, die sich im Ausgesparten treffen, im Leisen, sind Raabe und Maier. Und beide müssen sie Figuren und Umstände (er)finden, um eben diese Wege zu gehen (sie selbst) und zu ermöglichen (für Leser), so wahr sie Schriftsteller sind, richtige Erzähler. Und das sind sie beide.

Ich danke an dieser Stelle allen, die am Wilhelm Raabe-Preis 2010 mitgearbeitet haben, der mit 30 000 Euro dotiert ist und jährlich, nochmals sei es betont, von der Stadt Braunschweig gemeinsam mit dem Deutschlandfunk vergeben wird. Für die Stadt Braunschweig hat der Oberbürgermeister Gert Hoffmann die Festrede gehalten, für den Deutschlandfunk der Intendant des Deutschlandradios Willi Steul. Als Hausherrn des Staatstheaters Braunschweig, der nicht nur der Preisverleihung ihren Ort gegeben hat, sondern auch einer vorangehenden Langen Nacht der Literatur, danke ich dem Generalintendanten Joachim Klement. Beide Ereignisse auf die Beine gestellt haben vor allen anderen Katrin Breschke, Annette Boldt-Stülzebach und Andreas Böttcher.

Hintergründig wesentlich für das Gelingen und in diesem Fall das Sich-Fügen der ästhetisch-programmatischen Dinge war natürlich die Preis-Jury, zu der neben Katrin Hillgruber, Julia Schröder, Ina Hartwig, Ursula März, Renate Stauf und Anja Hesse auch Gerd Biegel, Michael Schmitt und der Autor dieser Zeilen gehören.

Katrin Hillgruber

Zwei und zwei Außenseiter
Wilhelm Raabes Ludchen Bock und Andreas Maiers Onkel J.

»Der Tag kam näher, von dem die Mutter wusste, dass der Vater an diesem vorzüglich trübe und verdrießlich war, nämlich der fünfzehnte November, der Geburtstag seines unglücklichen Sohnes.« So kündigt sich in Ludwig Tiecks zu Unrecht vergessener Novelle *Der fünfzehnte November* aus dem Jahr 1827 eine Sturmflut bei Amsterdam an. Sie bringt »Begebenheiten, Rettungen, seltsame Anblicke, Wracks, Licht und Finsternis, Sturm und Brandung« mit sich, wie es in Tiecks herrlich bewegter Sprache heißt. Aus diesem Chaos weiß nur einer Rettung: Fritz, der vermeintlich verrückte Sohn der Kapitänsfamilie. Von allen verspottet, hat er einen Kahn gezimmert, der nun gerade noch rechtzeitig zum Einsatz kommt.

Rettung durch einen Außenseiter, und das bei schwerem Wetter: Eine solche Geschichte musste Wilhelm Raabe alias »Jakob Corvinus« einfach gefallen. Als Kind soll der am 8. September 1831 in Eschershausen bei Braunschweig geborene, düsterste und vielschichtigste aller deutschen Realisten eine Holzarche besessen haben. Verbürgt ist jedenfalls, dass der Tieck-Leser Raabe als Gasthörer an der Friedrich-Wilhelms-Universität zu Berlin (nachdem er zweimal durchs Abitur gefallen war) sein so romantisches wie sozialkritisches Debüt *Die Chronik der Sperlingsgasse* vor der Drucklegung zurückdatierte: auf den 15. November 1854, seinen Jahrzehnte später proklamierten »Federansetzungstag«. Auf den Tag genau 56 Jahre später, am 15. November 1910, starb Wilhelm Raabe in Braunschweig – von den Zeitgenossen verehrt, in seinem tiefen, an Schopenhauer geschulten Geschichtspessimismus vielleicht auch gefürchtet. Ein Jahr später erschien postum das Romanfragment *Altershausen*.

1857 hatte der 26-Jährige Berlin verlassen und kehrte nie mehr dorthin zurück. Auch aus dem nahe gelegenen Braunschweig nicht, wo er ab 1870 wieder wohnte – nach acht beschwingten, künstlerisch hochproduktiven Jahren in Stuttgart. Er führte mit Ehefrau Berta und den vier Töchtern eine nach außen hin mustergültige Philisterexistenz und pflegte auch sein zeichnerisches Talent wieder intensiver. Trotz seines frühen Weggangs aus Berlin hatte Raabe nach der milieugenauen *Chronik der Sperlingsgasse* noch mehrere Prosawerke dort angesiedelt. Topographie und Atmosphäre der Stadt gibt er, bis in den Dialekt hinein, äußerst realistisch wieder: In *Villa Schönow* von 1884 schildert er das baulustige und betriebsame Berlin der prosperierenden Kaiserzeit. In der Erzählung *Deutscher Adel* (1878/79) jedoch scheint wieder die menschengefährdende Metropolis auf: Mehrere Tage lang irrt der nervenschwache Erfinder Ferrari durch das Häusermeer, begleitet von einem Hund namens Bassermann. Vom »ungeheuren Berlin, das kein Farbton aufheitert«, spricht der Literaturwissenschaftler Barker Fairley in seinem Buch *Wilhelm Raabe. Eine Deutung seiner Romane* im Zusammenhang mit der Erzählung *Im alten Eisen* (1887), die auf einer Notiz aus dem *Berliner Tagblatt* beruhte: Zwei Kreuzberger Kinder hatten drei Tage lang neben ihrer toten Mutter zugebracht, ohne dass die Nachbarn Notiz davon genommen, geschweige denn geholfen hätten.

In seiner Adaption dieser erschütternden Begebenheit lässt Raabe den beiden Kindern Hilfe durch Außenseiter zukommen: durch einen zerstreuten Künstler, eine Prostituierte (»Rotkäppchen«) und eine energische Alteisenhändlerin namens Wendeline Kruse. Immer wieder sind es scheinbare Sonderlinge, oft Alleinstehende, Kinderlose, Weserhexen oder Geschwisterpaare wie in der schaurigen Teufelspaktnovelle *Zum Wilden Mann* (1874), die das Herz auf dem rechten Fleck haben. Sie handeln in praktischer Menschenliebe.

Auch der Held von Raabes bekanntestem und nach seiner eigenen Meinung bestem, da »wirklich subjektivem« Roman *Stopfkuchen*, Heinrich Schaumann, passt in dieses Raster. Die »See- und Mordgeschichte« aus dem Jahr 1891 stellte nicht nur für den Religionsphilosophen Romano Guardini oder den Amsterdamer Germanisten Herman Meyer »ein Nonplusultra deutscher Erzählkunst« dar. Unter einer Hecke liegend klärt der Hausherr der Roten Schanze einen Mord auf und ist seinem polyglotten Freund Eduard immer das entscheidende Quäntchen voraus. Die Passivität, das Faultierhafte des wegen seiner Esslust als »Stopfkuchen« verspotteten Schaumann verstört dabei in unserer überaktiven Zeit mehr denn je. Es sind tiefgründig angelegte, abseits stehende Menschen wie der Knabe Theodor Rodburg, die Raabe zu seinen Helden erkor. »Zu spät im Jahre«, lautet das Diktum, das in der verwunschenen Erzählung *Prinzessin Fisch* (1883) über Theodor schwebt. Heimlich beobachtet der Junge, wie seine Nachbarin, die mit einem »Kriegszahlmeister« verheiratete Südamerikanerin Señora Romana Tieffenbacher, ihren Lebenshunger nicht stillen kann. Die Exotin mit ihrem »suchenden Blick aus den dunklen, tiefliegenden, fremdländischen Augen« verwelkt in der Kälte und Gefühllosigkeit des gründerzeitlichen Deutschland. Dieses Klima kritisierte Raabe, Mitglied des Deutschen Nationalvereins, oft und beredt.

Die Tendenz zum melancholischen Rückzug hatte sich in Wilhelm Raabes letzten Lebensjahren verstärkt. Nach dem plötzlichen Tod Gertruds, der jüngsten Tochter, im Jahr 1892 verfasste er das tragisch »lebenswunde« Meisterwerk *Die Akten des Vogelsangs*. »Komödianten und Literaten sollten nicht alt werden, wenn sie auf dem Seil bleiben müssen!«, klagte er 1897 in einem Brief an Paul Gerber. Mit Erreichen seines siebzigsten Geburtstags am 8. September 1901 nannte sich Raabe forthin selbstironisch »Schriftsteller a. D.«.

Auch der Held des radikalsten seiner rund achtzig Prosawerke, des Erzählfragments *Altershausen*, ist ein Emeritus und Einzelgänger. Letzteres allerdings unfreiwillig: Der Professor Dr. med. und Wirkliche Geheime Rat Fritz Feyerabend, eine »Autorität in den Wissenschaften«, ist Witwer und verlor 35 Jahre vor Beginn der erzählten Zeit sein einziges Kind. Leitmotivisch wiederholt er den Ausruf: »Das schöne Wetter, und mein Kind nicht mehr dabei!« Feyerabend trägt das Moment des Abschieds, des Welt- und Lebensüberdrusses, schon in seinem Namen. Angewidert von den pompösen Feierlichkeiten zu seinem siebzigsten Geburtstag und aus »Heimweh nach der Jugend« bricht er zu einer letzten Reise auf: in sein idyllisches Geburtsstädtchen Altershausen. Nicht von ungefähr klingt das nach Eschershausen, Raabes Geburtsort in der Nähe von Braunschweig. In Altershausen, wo er sich eine Antwort auf die Frage nach dem Sinn des Lebens erhofft, erlebt Fritz Feyerabend jedoch eine Überraschung, die ihn sechzig Jahre zurückkatapultiert. Denn am Bahnhof empfängt ihn ein Gepäckträger, der sich als sein ehedem engster Freund entpuppt: Ludwig Bock, genannt Ludchen: »Ich bin ja Ludchen, greinte das Gespenst, und Fritze Feyerabend aus Altershausen, der weder in den Wonnneburgen der Fürsten dieser Erde noch sonstwo dem Erdenelend gegenüber mit den Augen gezwinkert hatte, fuhr zusammen und trat drei Schritte zurück und stammelte: ›Ludchen Bock?‹«

Als Gespenst erscheint Ludchen seinem einstigen Spielgefährten deshalb, weil er als Zwölfjähriger vom Baum fiel. Er verletzte sich so schwer am Kopf, dass er auf dieser Entwicklungsstufe stehenblieb. Seitdem wird er selbstlos von der alten Jugendfreundin Minchen Ahrens betreut. Ludchen Bock verkörpert in *Altershausen* Vergangenheit und Gegenwart, Kindheit und Alter. Zwischen diesen Ebenen schaltet der Autor munter hin und her. Immer wieder hallen bei Raabes erwachsenen Protagonisten die Schrecken der Kindertage nach. »Die frühe Welt holt Atem und atmet der scheinbar behaglichen Gegenwart ins Wort hinein«, schreibt Arno Geiger in seinem Nachwort zur Manesse-Neuedition von Raabes »See- und Mordgeschichte« *Stopfkuchen* von 1891. In *Altershausen* heißt es: »Das Alter spricht oft der Kindheit ein Wort nach, weil es von Natur kein besseres weiß.« Unzählig sind die Reflexionen über die verschiedenen Lebensalter in diesem Text. Dadurch, dass sich der siebzigjährige Erzähler mit seinem gleichaltrigen Jugendfreund vergleicht, der auf einer kindlichen Bewusstseinsstufe verharrte, vermischen sich die Zeitebenen unentwegt, was eine zutiefst unwirkliche Atmosphäre erzeugt.

Raabe schildert die fatale Wiederbegegnung von Feyerabend und Ludchen Bock, dem »jugendlichen Genius in greisem Schutzbefohlenen«, aber auch dem kindlichen Greis als Symbol einer tödlichen Stagnation, wie in einer Vakuum-Atmosphäre. Dieses unbehagliche Moment der Durchdringung von Gegenwart und Vergangenheit sowie von Phantasie und Wirklichkeit kulminiert in Feyerabends Nussknacker-Traum im vorletzten, dem 14. Kapitel. Er sucht ihn bei einem Mittagsschlaf im Ratskeller vis-à-vis seinem Elternhaus heim. Der Emeritus träumt, er sei ein ausgedienter Nussknacker, der an Weihnachten mit seinem »Nachfolger im Erdengeschäft« konfrontiert wird. Er selbst wird verfeuert. Jeder ist ersetzbar, lautet zeitgemäß das Fazit von Feyerabends Albtraum, oder, in der grimmigen Resignation des späten Raabe: »Es wird weitergeknackt!«

In seinem letzten Werk, mit dem er nicht nur die Zeitgenossen ratlos zurückließ, hat Wilhelm Raabe die literarische Kindheitssuche ins Extrem getrieben. »Ein bitteres Ding, das ich in den Jahren 1899 und 1900 im Grunde für mich allein zu spinnen begonnen hatte«, beschrieb er *Altershausen* in einem Brief an seinen Verleger Grote. Der Text, den Raabes Schwiegersohn Paul Wasserfall herausgab, verstört in seinem schroffen Kontrast aus Idylle und tiefer innerer Ausweglosigkeit noch heute. Das sieht auch Andreas Maier so, der Träger des Wilhelm-Raabe-Literaturpreises 2010: »Das eigentlich Schockierende an *Altershausen* und weshalb auf eine gute, produktive Weise der Text auch nicht zu einem Ende kommen konnte, war eben diese Aporie, dass Feyerabend, der an diesen Ort reist, in seine Kindheit zurück, durch das Ankommen in Altershausen sich so sehr verändert, dass er eigentlich anschließend gar nicht zurückkommen kann. Raabe hat den Text aber angefangen aus einer Perspektive, als sei Feyerabend bereits zurückgekehrt. Nur von diesem Blickpunkt aus konnte er das schildern, und das ging genau *nicht* auf. Und für mich ist das fast eine Summe unter Raabes Lebenswerk, dass diese Perspektive nicht zu Ende erzählt werden kann. Im Grunde genommen liegt dem Text dieselbe Aporie zugrunde, mit der wir Menschen immer herumlaufen.« (Nachzuhören im *Büchermarkt* des Deutschlandfunks vom 24. November 2010.)

Mit großer Empathie hat Andreas Maier eine Neuausgabe von *Altershausen* im Insel Verlag kommentiert, die zu Raabes hundertstem Todestag herauskam. »An Raabe ist alles spät«, schreibt er: »Endgültiger kann man kaum sein. Da werden Leben verworfen wie Samen in den Wind, nur daß sie nicht mehr aufgehen. Was ist unser Leben? Das ist die Raabe-Frage.« Auch Onkel J., die Hauptfigur in Andreas Maiers Roman *Das Zimmer*, ist ein Zuspätgekommener, Stehengebliebener. Maier schildert einen Tag im Leben dieses durch einen Geburtsfehler geistig behinderten Mannes in der Wetterau 1969, im Jahr der Mondlandung. Diesen seinen »Onkel J.« stellte der Autor schon in diversen Kolumnen als reinen Toren dem Zerstörungswillen des Wirtschaftswunders entgegen. Ein aussichtsloser Kampf, ähnlich wie der des Müllers Pfister gegen die Verwüstungen durch eine Zuckerfabrik in Raabes Roman *Pfisters Mühle*, dem ersten deutschen Umweltroman.

Raabes Beobachtungsgabe und sein visionäres Umweltbewusstsein lobten Andreas Maier und Christine Büchner in ihrem 2006 erschienenen Buch *Bullau – Versuch über Natur* folgendermaßen: »Er würde heute unzweifelhaft für verrückt erklärt, man würde ihn für einen radikalen Ökoterroristen halten, für einen Zivilisationshasser fundamentalistischster Art, man würde ihn für einen halten, der nichts und niemanden in Ruhe läßt mit seiner Prosa, dabei wollte er doch nur selbst in Ruhe gelassen werden und wollte, daß die Welt in Ruhe gelassen wird, und zwar von den Menschen.«

Onkel J. ist »eine Figur am Ausgang aus dem Paradies, noch mit einem Bein darin«, schreibt Andreas Maier in seinem Roman *Das Zimmer*. J. empfindet offenbar keinen körperlichen Schmerz und kann sich nur vage artikulieren. Schon als Kind wird er von seinen Mitmenschen gequält, denen er nichts entgegenzusetzen vermag. Auch der Erzähler und sein Bruder machten sich als Jungen über den einfältigen Luis Trenker-Fan lustig. Nun erfährt diese zugleich unsympathische wie anrührende Gestalt postum zumindest literarische Gerechtigkeit. Der intentionslose J. erscheint wie Raabes Ludchen Bock als ideale Projektionsfläche für die Zeit, in der er lebt, aber ebenso als Medium der Zeitkritik. Onkel J. steht – selbst als begeisterter Fahrer eines »nazibraunen« VW-Variant – in der vom Modernisierungswahn bedrohten Wetterau völlig still; ebenso Ludchen Bock in der prosperierenden Gründerzeit der 1890er Jahre. Das bedeutete eine ungeheure Provokation, die Raabe durch die scheinbare Schlichtheit seiner Charaktere tarnte.

Andreas Maier meint zu diesem überraschenden Zusammenhang: »Dass es zwischen Ludchen Bock, einer auf den Kopf gefallenen und eben auch behinderten Gestalt aus *Altershausen*, und Onkel J., dem Protagonisten meines Romans *Das Zimmer*, Parallelen gibt, ist mir ehrlich gesagt erst durch die Raabe-Preisverleihung bewusst geworden. Ich las irgendwo, Raabe habe die sozial Niedriggestellten und Behinderten in den Vordergrund gestellt. Das hat er natürlich mit *Altershausen* nicht gemacht, aber Ludchen Bock kommt eben vor. Ich mache es auch nicht, aber bei mir kommt mein Zangengeburts-Onkel vor, und ich finde, beide Figuren dienen zu etwas ganz Ähnlichem. Letzten Endes sind sie eine Gegenfolie zu dem, was ich immer zivilisatorisches Tun nenne. Feyerabend erscheint in *Altershausen* als erfolgreicher, großer Arzt – und wer bringt ihn zum Weinen? Der alte Jugendfreund, der mit zwölf auf den Kopf gefallen ist, bei dem alles immer noch so ist wie früher. Und dem gegenüber sagt Feyerabend: Was ist eigentlich mein eigenes Leben gewesen? Tand.« (*Büchermarkt*, Deutschlandfunk, 24. November 2010)

Ludchen Bock also hält Geheimrat Feyerabend unfreiwillig den Spiegel vor. Das führt den Erzähler am Ort seiner Kindheit geradewegs in eine Sinnkrise und nach und nach zur Selbstentfremdung: »Je mehr Geheimrat Feyerabend sich in die Wirklichkeit und Greifbarkeit Altershausens von heute zu finden und zu vertiefen hatte, desto mehr musste er sich selber zum Schatten, zum Gespenst werden, und – er wurde es!« Ludchen erkennt seinen Jugendfreund Fritze zunächst nicht wieder und stellt nur Kinderfragen wie »Fritze bleibt noch?«. Onkel J. dagegen ist von Anfang bis Ende ein stummer Held, über dessen Leben der Neffe, Jahrgang 1967, im Rückblick Auskunft gibt. Als Kind fand er den meist ungewaschenen Hilfsarbeiter, der ohne seine Mutter, die Großmutter des Erzählers, hilflos gewesen wäre, abstoßend bis furchterregend. Das titelgebende Zimmer in Bad Nauheim habe er nie zu betreten gewagt, so der Ich-Erzähler: »Sein Zimmer war eine Art früher Darkroom in meinem Bewußtsein.« Offenbar ein produktiver Darkroom, der den Nukleus einer mehrbändigen Heimatsaga in sich trägt: »Immer habe ich Romane in diesem Zimmer geschrieben, aber ich bin bislang nie auf den Gedanken gekommen, über meinen geburtsbehinderten Onkel J. zu schreiben. Über ihn und sein Zimmer. Über das Haus und die Straße. Und über meine Familie. Und unsere Grabsteine. Und die Wetterau, die die ganze Welt ist.« Der Stumme, der Narr, als Tertium comparationis, das den Sprung in eine andere Zeit, in die Welt der Kindheit verheißt: Diesen Kunstgriff ermöglichen Onkel J. und Ludchen Bock den jeweiligen Erzählinstanzen. Bei Raabe ist es wie so oft das Wetter, das – in diesem Fall für sein Alter Ego Feyerabend – den Zeitsprung einleitet: »Es kostete ihm [sic!] einige Mühe, sich wieder zu überzeugen, dass er wirklich noch in dem gegenwärtigen Tage, in dem schönen Wetter, in der schönen Sonne von heute mit vorhanden sei.«

Onkel J.s Neffe imaginiert einen Tag in dessen Leben, trifft ihn immer wieder wie zufällig bei verschiedenen Verrichtungen und Spaziergängen an. Durch diese kunstvoll kursorische Schreibweise nähert er sich dem einst gefürchteten und verlachten Verwandten empathisch an. Er versucht, sich die ebenso harmlosen wie verqueren Wünsche und Gelüste des Onkels vorzustellen, des »einzigen Menschen ohne Schuld, den ich je kennengelernt habe«. Das Ergebnis ist eine Art literarische Wiedergutmachung, eingebettet in eine Hommage an die von der westdeutschen »Autogesellschaft« (Wolfgang Hilbig) dauerhaft verunstaltete Landschaft Wetterau: »Die Wetterau ist eigentlich eine Ortsumgehungsstraße mit angeschlossener Raststätte.« *Ortsumgehung* soll der Romanzyklus heißen, den Andreas Maier mit *Das Zimmer* eröffnete – mit einem Tag im Leben des Onkel J. als Element der Stagnation in einer sich unaufhaltsam verändernden Heimat, die keinen Halt bieten kann.

Bis heute rätselt die Germanistik darüber, ob Wilhelm Raabe die sechzehn Kapitel von *Altershausen* bewusst als Fragment angelegt hat. Mit dem Ausruf »Überstanden!«, der alleine in einer Zeile steht, beginnt die Erzählung: Mit der Außenperspektive auf den seines Ruhmes überdrüssigen Jubilar Feyerabend. Kurz darauf berichtet er selbst aus der personalen Erzählhaltung heraus (»Ich, der Schreiber dieser Blätter«) von der Reise in den Ort seiner Kindheit. Der letzte Satz wiederum, bevor der Text abbricht, stellt eine Stafettenübergabe dar. Der Schriftsteller a. D. überreicht den Erzähl- und Schicksalsfaden an eine Vertreterin der antiken Parzen, die ihn weiterspinnen soll. *Altershausen* endet mit dem Satz: »Und Minchen nahm den Strickstrumpf wieder auf.« Doch wirklich überstanden ist nichts; die produktive Ratlosigkeit von *Altershausen* gärt weiter. Und es sind Außenseiter wie Ludchen Bock oder Onkel J., die im »Widerspruchsgedränge des Lebens« (Wilhelm Raabe) innehalten lassen: für einen verstörenden Moment der Humanität.

Literatur

Barker Fairley: Wilhelm Raabe. An Introduction to his Novels. Oxford 1960. Deutsch: Wilhelm Raabe. Eine Deutung seiner Romane. Aus dem Englischen von Hermann Boeschenstein. Verlag C.H. Beck, München 1961.

Otto Huth: Raabe und Tieck. Verlag Die Blaue Eule, Essen 1985.

Andreas Maier: Das Zimmer. Roman. Suhrkamp Verlag, Berlin 2010.

Andreas Maier im Gespräch mit Katrin Hillgruber. *Büchermarkt*, Deutschlandfunk, 24. November 2010.

Andreas Maier: Onkel J. – Heimatkunde. Suhrkamp Verlag, Berlin 2010.

Andreas Maier, Christine Büchner: Bullau – Versuch über Natur. Suhrkamp Verlag, Frankfurt am Main 2008.

Wilhelm Raabe: Altershausen. Roman. Mit einem Nachwort von Andreas Maier. Insel Verlag, Berlin 2010.

Wilhelm Raabe: Stopfkuchen. Eine See- und Mordgeschichte. Mit einem Nachwort von Arno Geiger. Manesse Verlag, München 2010.

Wilhelm Raabe: Sämtliche Werke. Braunschweiger Ausgabe. Herausgegeben von Karl Hoppe. Im Auftrag der Braunschweigischen Wissenschaftlichen Gesellschaft nach dem Tode von Karl Hoppe fortgeführt von Jost Schillemeit. Vandenhoeck & Ruprecht, Göttingen 1966–1994.

Ludwig Tieck: Der fünfzehnte November. Novelle. Freiburger Echo Verlag, Freiburg 1992.

Friedmar Apel
Augenschein und Abglanz
Laudatio auf Andreas Maier

In Wilhelm Raabes *Stopfkuchen* erteilt der daheimgebliebene angebliche Idiot Heinrich Schaumann dem weitgereisten Emigranten Eduard ein ums andere Mal listige Lektionen in entschleunigender Lebenspraxis. »Nur nicht zu hastig. Warum sollten wir uns nicht Zeit nehmen? Was könnte ich Hinhocker einem Weltwanderer gleich dir Merkwürdiges zu weisen haben, was ein solches rasendes Drauflosstürzen erforderte?«

Heinrich Schaumann ist einer, der durch das Medium der Literatur sehen gelernt hat. So belehrt er den Weltmann, dass zum gelingenden Lebenslauf schnell sein nicht hilft, und dass der Mensch auch im Dableiben aus dem Kasten kommen, ins Offene gehen und denken kann. Derart scheint er im »schönsten Heimatgrün« der Landschaft bei Wolfenbüttel mehr Weltüberblick und Orientierung im Erdendasein erworben zu haben als sein Schulkamerad, der sich einst an seiner Ausgrenzung beteiligt hatte.

Der hört verwundert, dass der Stopfkuchen von seiner Randposition unter der Hecke aus zur inneren Freiheit gelangt sein will. In seiner eigensinnigen Wahrnehmung des Sichtbaren erscheint die Rote Schanze als ein

Bollwerk gegen das »schändliche Menschenrecht« auf Konformismus. Und doch hat Raabe der Behäbigkeit Schaumanns einen Zug von tückischer Berechnung beigegeben, so bildet sich als Negativ auch an ihm ein falsches Gesellschaftliches ab. Die lichte Seele, die Eduard dem Stopfkuchen zuschreibt, vermutet der Leser eher bei dessen Frau, dem Tinchen.

Raabes Aufmerksamkeit für die Sichtbarkeit des realen Raums und zugleich das Beharrungsvermögen des Individuums erweist sich vor dem Hintergrund des Mobilitätsschubs in der zweiten Hälfte des 19. Jahrhunderts als reflektierter Widerstand gegen die reißende Zeit der neuen Weltgeschichte. Unter den heutigen Bedingungen der Virtualisierung des Raums, der rasenden Bildwechsel und der pausenlosen Negation des Gegenwärtigen, erscheint daher Wilhelm Raabe aktueller und lehrreicher, als eine auf Referenzabbruch und permanente Innovation versessene Kritik sehen wollte.

In dem wundersamen *Versuch über Natur*, den Andreas Maier mit der Theologin Christine Büchner geschrieben hat, werden daher Wilhelm Raabes Romane zusammen mit dem Gesang von Zaunkönigen und Rotkehlchen gerühmt, »insofern sie sind … und die Welt sein lassen«. Das Büchlein ist eine Schule der Aufmerksamkeit und der sich gegenseitig bedingenden kleinen Wahrnehmungen, die Leibniz zufolge von größerer Wirksamkeit sind, als Menschen denken mögen, indem gerade auf ihnen die Verknüpfung beruht, »in der jedes Wesen mit dem ganzen übrigen Universum steht«. Es zeigt, dass eine Aufmerksamkeit, die nicht den Dispositiven der Beschleunigung folgt, als Form der Freiheit betrachtet werden kann. In der Naturwissenschaft werden die Objekte »zerlegt und untersucht, bis sie nicht mehr vorhanden sind, so hat einem der Biologieunterricht die Ehrfurcht vor dem Leben ausgetrieben«. Dagegen will Andreas Maier der erscheinenden Natur im aufmerksamen Blick und Ohr etwas von dem Seinsrang zurückgeben, den sie unter der Herrschaft der Idee der Machbarkeit schon im Laufe des 19. Jahrhunderts verloren hatte.

Das hat eine Affinität zur Mystik, die aber als taghelle im Sinne Robert Musils nicht mit obskurantistischer Verachtung des Wissens zugunsten der meditativen Anschauung zu verwechseln ist. Der *Versuch über Natur* zeigt vielmehr, dass wir ohne Belehrung, ohne Wissen und Lektüre nichts sehen würden, jedenfalls den Kleiber nicht als einen solchen. Es geht vor allem darum, die Sichtbarkeit der Welt zumindest für den Augenblick sein zu lassen, wie sie ist, sie nicht sogleich für etwas anderes zu nehmen. Derart habe Barthold Heinrich Brockes »mit betrachtendem Gemüthe«, das sich so schön auf »blühte« reimt, einem Kirschbaum »ein besonderes Sein gegeben«. Der pädagogische Lehrsatz am Schluss seines Gedichts aber lässt die Weiße des blühenden Kirschbaums bei Nacht schließlich doch nicht einfach sein. »Die größte Schönheit dieser Erden / kann mit der himmlischen doch nicht verglichen werden.«

Brockes nimmt den weißblühenden Kirschbaum, sagen Andreas Maier und Christine Büchner, »also als bloßen Verweis, weniger noch: als rhetorisches Mittel, und es mag darin schon der Beginn des Übels stecken«. Die Abwertung des Augenscheins war allerdings in einer platonisch-christlichen Tradition seit je angelegt. Jacob Böhmes Entzifferung eines Erlösungsversprechens in einer sinnlich erfahrenen Natur galt schon im 17. Jahrhundert den Görlitzer Bürgern als verdächtige Abweichung. Zum Übel aber wird die Abwertung des Sichtbaren erst mit der Entstehung eines operationalisierbaren Wirklichkeitsbegriffs, unter dem sich die weit über das Mittelalter hinaus bestehende Koexistenz der sichtbaren und der unsichtbaren Welt auflöst. Erst im sezierenden Blick der neuzeitlichen Naturwissenschaft wird die Sichtbarkeit der Dinge zur bloßen Außenseite einer Unendlichkeit des Möglichen herabgewürdigt. Fortan wächst das dem Menschen praktisch Unzugängliche stetig an, muss sich Hans Blumenberg zufolge Theorie zunehmend mit dem Unsichtbaren beschäftigen.

Daran partizipierte seit der Romantik auch die Literatur. Mit der Aufkündigung des Nachahmungsprinzips tendierte sie dazu, sich nicht nur vom realen Raum, sondern auch von den Handelnden und Leidenden der Geschichte abzuwenden. Unter der Forderung nach Neuheit und dem Streben nach Distinktionsgewinn im literarischen Feld wird Sehen zum bloßen Anderssehen. Solcher Entwirklichung setzten Keller und Raabe ihren poetischen Realismus entgegen. Künstlerische Aufmerksamkeit sorgt Keller zufolge für die »Erhaltung der Freiheit und Unbescholtenheit unserer Augen«. Nicht ohne Kritik an der Autonomieästhetik der frühen Moderne soll das Ästhetische »auf den irdischen Grund und Boden, auf dem sich der Mensch bewegt«, zurückgeführt werden.

Gegenwärtig scheint die Euphorie über die grenzenlosen Möglichkeiten der virtuellen Welt rapide zu verfliegen, und da erweist es sich als ein Glück, dass die langsame Kulturtechnik Literatur dem rasenden Rhythmus der Bildwechsel und der eiligen Wahrnehmung widerstrebt. Unbekümmert um die Dogmen der Moderne betreibt Andreas Maier in der Tradition des poetischen Realismus eine andere Art Heimatkunde, die in der Besinnung auf den realen Raum als das, was bleibt, wenngleich nicht unverändert, daran erinnert, dass sich die menschliche Wahrnehmung der Welt immer noch am konkreten Ort bildet. Der beobachtende Erzähler bei Andreas Maier weiß natürlich, dass die Landschaft, ob Wendland, Odenwald oder Wetterau, heute mehr denn je Kulturlandschaft und Produkt der Technik ist. Er konstatiert das ohne Nostalgie. Die früheren Zeiten waren schon allein deshalb nicht besser, weil man die Zeit nicht anhalten kann. Aber »der Weg zu heute war schon immer der einzige Weg, den wir hatten«. Der führt in der technisierten Moderne nur zu häufig an der Welt vorbei. So haben »unzählige Menschen unzählige Landschaften einfach passiert, als seien sie nicht«.

Dagegen unternimmt das zu großen Erwartungen berechtigende Romanprojekt, das Andreas Maier mit *Das Zimmer* eröffnet hat, eine umfassende Rekonstruktion der Sichtbarkeit der Welt im sozialen Zusammenhang und auf dem irdischen Grund und Boden der Wetterau. Als »universalste Welt, die man sich denken kann«, wird sie literarische Topographie. Die aber ist auch nicht frei von Dingen wie jenen rotweißen Stangen, angesichts derer Raabes Meister Autor fragte: »Was ist denn aber das?« Doch wer sehen will, der hat die Welt da, wo er herkommt. »Selbst Rom und alle anderen Städte, in denen ich gelebt habe, sind heute Bestandteil der Welt, die die Wetterau ist.« Sie wird in Maiers erzählerischer Technik als Raum der Wahrnehmung feiner Nuancen entfaltet. »Wie immer hat man kurz hinter Bad Vilbel, wenn es über Dortelweil geht, das Gefühl, alles sei plötzlich ein bißchen heller und der Himmel eine Spur blauer. Das ist das Wetterauer Blau, plötzlich ist es da und empfängt einen.«

Aufmerksamkeit für das Sichtbare ist je bedingt vom Unsichtbaren und Unzugänglichen. Das ist im Roman das Zimmer von Onkel J., dem Idioten, das der Erzähler nie betreten hat, verbotenes Zimmer, camera obscura, Dunkelkammer des Bewusstseins, aber eben deshalb der Raum, von dem sich die Aufgabe des Sichtbarmachens herleitet. Onkel J. möchte gern zu der Kategorie von Menschen gehören, »die fahren, wollen, kaufen, handeln, zielstrebig sind«, aber er kann das nicht, so lässt er notgedrungen die Welt sein, wie sie ist. Deshalb sieht ihn der Erzähler als einen Menschen ohne Schuld. »Eine Figur am Ausgang aus dem Paradies, noch mit einem Bein darin.« So wie die Wetterau die Welt ist, verweist der Anfang der Erzählung zurück auf den mythischen Ursprung der menschlichen Wege.

Am sonderbaren Onkel erscheint, was auch Maiers Erzählen beseelt: »Begeisterung für Dinge«. Wie der Beobachter im *Versuch über Natur* ist Onkel J. einer, der Vögel erkennen kann. Er sieht »im Wald immer etwas, wo andere nichts sehen«. So muss es der Onkel sein, aus dessen Perspektive der Erzähler die Wetterau beschreibt, als wäre alles noch so wie vor vierzig Jahren, obwohl man wegen der Ortsumgehungsstraße manchen Weg heute nicht mehr gehen oder fahren kann und obwohl der Erzähler am erzählten Tag im Jahr 1969 »erst zwei Jahre alt und gar nicht zugegen« war.

In der Beobachtung des Onkels hat der Erzähler eine Wahrnehmung entwickelt, in der die kleinste Einzelheit wie absichtslos symbolisch erscheint: »eigentlich klingt ein Rotkehlchen schon aus nächster Nähe immer so, als sei es entfernt. Und schon nach wenigen Metern klingt es wie ganz weit weg. Kein Vogel kann einsamer klingen als das Rotkehlchen.« Der Onkel denkt darüber nicht nach, aber der Erzähler muss es tun, um ihm eine Sprache zu geben, in der er und der Leser ihn verstehen können. In dem Onkel ist vermutlich alles wortlos, er spricht eine Sprache vor den Worten, »eine, die sowieso immer zwischen den Dingen ist, nur wir wissen sie meistens nicht, weil wir immer reden und daher zu laut sind für die Dinge«. Das kann nur eine paradiesische Sprache sein, die als sichtbare mehr sagt als der Mensch begreift. Auch manche Dinge der Wetterau von damals verweisen auf das Paradies, nicht nur Julias schöne Äpfel.

Die Heimat aber ist in *Das Zimmer* ein Ort von unauflöslicher Ambivalenz. Ein Ort der Nähe, von der Erlösung nicht ausgeschlossen, und doch so fern wie der Mond, auf den der Mensch 1969 stürmte, um dort Auto zu fahren. Der einsame Waldgänger bewegt sich in der Wetterau auch keineswegs als paradiesisch glücklicher Depp. Er hat die alltägliche Bösartigkeit der normalen Menschen zu erleiden, ohne sich wehren zu können. Die Heimat ist nicht gemütlich, nicht einmal in der Stammwirtschaft. Maiers trockener Humor, der schneidender konturiert als der Raabes, bringt das nur umso schärfer zum Vorschein. Gegen den heimatlichen Konformismus, an dem sich auch der Erzähler beteiligt hatte, und doch auch versöhnlich gibt die Erzählung dem Onkel eine eigentümliche Würde und fragt ohne Pathos zugleich, wie es in der Zivilisation um die Freiheit steht. Nämlich: ob Menschen nur Nomaden oder Monaden des Verkehrs, der Arbeit und des Konsums sein wollen, oder auch Wesen, die sein und bleiben lassen können. Schillernd leuchtet nach der Lektüre von *Das Zimmer* in der Landschaft um das Forsthaus Winterstein der Abglanz einer Welt, wie sie sein könnte, aber nicht ist.

Andreas Maier

Zusammenkalmäusert: Raabe
Dankesrede

Der späte Raabe hat sehr schmerzhafte und nervöse Bücher geschrieben, das wird allerdings selten bemerkt. Vielen gilt er sogar als behäbig oder gemütlich. Moniert wird mitunter vor allem eine gewisse erzählerische Langsamkeit. Da scheint einer seine Worte zu hätscheln und genießerisch auf ihnen herumzukauen wie andere auf ihrer Tabakspfeife. Das wird dann schnell scheinbar lieblich und angenehm. Das kann dann so klingen: »Dicht am Odfelde, in der angenehmsten Mitte des Tilithi- oder auch Wikanafeldistan-Gaus, liegt auf dem Auerberge über dem romantischen, vom lustigen Forstbach durchrauschten [...] Hooptal das uralte Kloster Amelungsborn.« Das ist der Anfang von Raabes Erzählung *Das Odfeld*. Ein gemütliches Panorama, denkt man zunächst, auch wenn im Verlauf der Erzählung, sie handelt zur Zeit des Siebenjährigen Krieges, düstere Dinge geschehen werden.

Weitere Vorwürfe: Es sei kein großer Atem in dieser Prosa, keine erzählerische Passage mit Wucht oder mit genialischem Zug geschrieben, alles eher ins Jean-Paulhafte verkompliziert, so daß man die Sätze und Motive als Leser oft erst aufdröseln muß. Hier ist offenbar einer, der jedes Wort umdreht, um es von allen Seiten zu beschauen, und dann noch eine ganze Weile braucht, bis er sich entschieden hat, wie er das Wort wieder in den Satz zurücklegt. So kann nur Kleinteiliges entstehen, und erst durch die Kleinteiligkeit hindurch dann ein Größeres.

Zugegeben, vielleicht geht da jemand mit großer Scheu an die Dinge, vielleicht mit Angst, vielleicht aber auch mit einem künstlerischen Gewissen, dem eine Grundsatzentscheidung zugrunde liegt, nämlich eine Entscheidung gegen den großen Schmiß und den genialen Wurf. Vielleicht ist da jemand, der diesen Würfen nicht traut. Wenn vielleicht auch nur deshalb, weil er sie nicht beherrscht. Oder sogar absichtlich nicht beherrschen will. Jemand, der nicht frei, sondern in freiwilliger Einschränkung schreibt. Raabe und die damalige Abonnentenleserschaft, das wäre ein Thema, und wie er die Erwartungshorizonte der Zeitschriftenleserinnen und der literarischen Nachmittagszirkel gern nicht erfüllte. Wenn es bei Raabe keine strahlenden Helden gibt, dann vielleicht auch deshalb, weil es welche geben soll und er nicht will. Das könnte einer der Grundsätze dieser Prosa sein, das *Bartleby*-Motto: Ich möchte lieber nicht. Vielleicht ist man erst dann bei Raabe auf der richtigen Spur, wenn man begreift, daß eine Verweigerungskunst dahinterstecken könnte.

Zunächst sollte man darauf verweisen, daß Raabe – lassen wir den Vorwurf der Gemütlichkeit mal dahingestellt – nicht zum Romantisieren und zum Gefühlspomp neigte. Nirgends entstehen die ganz großen Gefühle. Von Möglichkeiten zum überschwenglichen Rausch kehrt er sich jederzeit ab, das betrifft beispielsweise den Umgang mit Natur, mit Wald und Wiesen – da findet man keine wertherhaften Spazierritte und keine weite Brust unter freiem Himmel, überhaupt neigen Raabes Figuren nicht zur eigenen Befreiung von Bedrücktheit und Beengung auch seelischer Natur –, das betrifft aber auch etwa die Reichseinigung unter Bismarck, deren Folge für Raabe so etwas wie ein unangenehmer, aufgesetzter Hysterismus gewesen sein muß. Das von oben verordnete allgemeine Patriotenjubilieren widerte Raabe an, das durchzieht seine ganze Prosa seit der Einigung. Er sieht, wie die nationalen Bestrebungen der Jahrzehnte zuvor nun ins Dumm-Dämliche umgewidmet werden, und zwar nach der allgemeinen Regel: Wer nicht mitmacht, ist der Miesmacher. Allerdings würde es Raabe nie so explizit sagen. Man muß nicht alles sagen, man kann es auch sagen, ohne es zu sagen. Das ist für mich ein Raabe-Stil-Grundgesetz, eine unerhörte Dezenz, das Gegenteil von Lautsprechen. Laß das zu Sagende im Kopf des Lesers entstehen. Allein schon hierin kann die Literatur viel von Wilhelm Raabe lernen. Wenn alles explizit und möglichst auch noch explizit gut gesagt wird, raubt die Literatur ihren Worten die Lebensfähigkeit, denn alles Gesagte, das nicht weitergeht, sondern sich schon ausgeschöpft hat, ist tot.

Ich hätte gern einmal gesehen, wie Wilhelm Raabe, nur als Beispiel, mit dem elften September 2001 umgegangen wäre. Auch da hätte er vermutlich lieber nicht mitmachen wollen, und auch da hätte er mit Sicherheit seinen eigenen Weg gefunden, nicht als Spinner dazustehen, aber dennoch der offiziellen Geschichtsschreibung auch kein Wort zu trauen. Also, kein Romantisierer, bei näherem Hinsehen sogar das genaue Gegenteil. Raabe ist ein Autor des ständigen Verlustes, schon damals, als sich alle noch am längst vergangenen deutschen Klassizismus-Idealismus aufrichteten, schon im Angesicht der Firmenschlote. Die Raabezeit war literarisch nicht die Zeit Raabes, sondern eher die Zeit solcher Autoren wie Theodor Storm. Da gab es die Liebe am Immensee, da war die Jugend die schöne Rosenzeit, man saß in großen, alten Sälen und einsamen Parkanlagen mit Schloß und Teich und Bootshaus, Schlote kamen da nie vor, und Sperlinge flüchteten auch nicht. Nur bei Wilhelm Raabe. Aber den las ja kaum noch einer. Der hatte seine Zeit eigentlich nie. Leider.

Raabes Werk ist von Verlustspuren durchzogen, ständig. In *Altershausen*, Raabes letztem Werk, geht Geheimrat Feyerabend, der eben die Feiern zu seinem siebzigsten Geburtstag durchgestanden hat und davon noch benommen ist, spazieren und bekommt vom Parkwächter gesagt, daß inzwischen die Käfer, aber auch die Vögel verschwunden sind, weil wir ihnen nicht mehr gut genug »riechen«. Der Spaziergänger dreht erschöpft seine Runden, aus der alten Innenstadt kommend, und in den Blick des Erzählers geraten die wüsten Vorortsiedlungen, zugig, leer und riesig wie später im italienischen Neorealismus. Die Gegenwart wird einer Zeitachse unterworfen, von der Vergangenheit in die Zukunft, und die Richtung heißt bergab. In *Pfisters Mühle* beginnt die Erzählung gemütlich-romantisch in studentischer Biergartenatmosphäre, später endet der Text in einer Chemohöllenfabrik, die den gesamten Flußlauf vergiftet, und in *Meister Autor* gibt es für mich eine der traurigsten Szenen überhaupt, nämlich als mitten in einem Garten Landvermesser auftreten, die dort einen neuen Stadtteil planen, wo eben noch Taxus, Grün und Sonne waren, so wie sie bei uns in der Wetterau neulich ebenfalls landvermessend herumliefen, um dort unsere Ortsumgehungsstraße zu bauen und damit die Landschaft meiner ersten achtunddreißig Jahre mit all ihren Feldern und Wegen und Hecken und Zeugnissen und Blumen und eigentlich auch dem Himmel darüber und damit letztlich auch sämtliche Erinnerungen daran für jede Nachwelt auszulöschen bzw. auf einhundertdreißig Stundenkilometer zu bringen. Ich war einmal, heißt es bei Arnold Stadler. So könnte auch ich jetzt meine Bücher beginnen. Aber zurück zum *Meister Autor*. »›Was ist denn aber das?‹ fragte der Meister Autor, vor einer rotweißen Stange stehenbleibend, die mitten im Wege zwischen dem Grün, den Blumen, unter den summenden Bienen, den flatternden Schmetterlingen und den grauen Steinbildern im Boden stand.« Da steht sie da, einfach und final, die rotweiße Stange des Stadtbauamts, die es damals schon ebenso gab wie heute, und wo sie hinkommt, ist bald nichts mehr. Und als andere von Vögeln schrieben und die Welt noch immer romantisch nahmen, schrieb Raabe davon, daß die Vögel weg sind, nämlich weil die Städte wachsen und das Licht sie vertreibt. Lichtsmog, das Wort kannte Raabe noch nicht, aber bereits die Sache. Wobei *Sache* ein Euphemismus ist. Es sind ja immer Menschen, die das machen. Selbst der Anfang des *Odfelds* kommt ohne diese Verweise, hinter denen sublimierter Haß stehen muß und sublimierte Verzweiflung, nicht aus. Im eingangs zitierten Satz habe ich nämlich einige Worte weggelassen. Wir erinnern uns, das dort erwähnte Hooptal ist von einem schönen Flüßchen durchzogen etc., aber diese Passage lautet komplett so: »das vom lustigen Forstbach durchrauschte, heute freilich arg durch Steinbrecherfäuste verwüstete Hooptal«. Wem das Wort Steinbrecher nicht geläufig ist, der muß heute nur an den Gotthard denken, und wer eine Freude empfindet angesichts der großen technischen Pionierleistung und sich bereits jetzt freut auf die erste Fahrt durch den Fünfzig-Kilometer-Tunnel, der wird vielleicht weitaus schneller als früher irgendwo ankommen, gefahren durchs lange Loch, aber er wird wohl auch kein Raabe-Leser mehr werden. Vielleicht kann man auch von daher Raabes erzählerische Langsamkeit verstehen. Ein Mann, der nicht nur langsam, sondern sogar Umwege geht. Vielleicht ist das ein besseres Bild als das der Gemütlichkeit. Weil er an das schnelle Ankommen nicht glaubt oder weil er es gar nicht will. Weil um ihn herum zu viel Wollen ist, ein Wollen, das ständig alles ins Vergangene hineinstößt, was eben noch war. Langsamkeit als Opposition. Diese Langsamkeit kann etwas mit Panik zu tun haben. Bei Raabe nehme ich sie mindestens als große Nervosität wahr, als absichtliches Nichtaufatmen, Nichtdurchatmen. Das macht selbst mich beim Lesen Raabes manchmal äußerst beklommen. Ich lese Raabe und bekomme manchmal keine Luft. So wie ich auch sonst mitunter keine Luft bekomme. Diese Langsamkeit kann einen manchmal geradezu wahnsinnig nervös machen, und dafür bin ich Raabe äußerst dankbar.

Und dennoch gibt es immer noch Menschen, die sich einen Autor wie Raabe in seinen Texten zusammensuchen. Die sich lange und langsam mit ihm auseinandersetzen. Ich kannte mal einen, einen alten Buchhändlergehilfen in einem Hamburger Vorort, der kannte Raabe fast auswendig und pflegte zu sagen, den Raabe muß man sich zusammenkalmäusern. Das heißt soviel wie zusammenklamüsern. Besser kann man es nicht sagen. Weil er erst dann zu einem kommt. Auf Umwegen. Über meinem Schreibtisch hängt ein Foto von Raabe. Ein einsamer Mann geht abseits seine Wege. Der Buchhändlergehilfe, inzwischen tot, hatte dasselbe Foto an der Wand hängen.

Raabe ist der Systematiker des Verlusts nicht deshalb, weil er bewahren will. Aber es gibt einen Grund dafür, warum gerade in seinen letzten großen Werken immer mehr in die Kindheit zurückdrängt, sei es im *Stopfkuchen*, sei es in den *Akten des Vogelsangs*, sei es in *Al-*

tershausen. Der Grund liegt nicht in der Kindheit, sondern in der Gegenwart oder, um ein anderes Wort für Gegenwart zu verwenden, in *uns*. Ich will es zu erläutern versuchen.

Ständig verschwinden die Dinge im Nichts, und zwar durch Menschenwerk, das wissen wir alle. Wenn man eine Spanne von siebzig Jahren lebt, ist eigentlich am Ende die komplette Welt ausgetauscht. Der Anfang dagegen, das, was in der Kindheit war, *noch* war, bleibt in der Erinnerung unverrückbar wie eine Art Urzustand, gegen die alles andere Abfall bedeutet. Diese Sichtweise ist übrigens absolut irrational, denn was man in der Kindheit als Welt vorfindet, das Elternhaus, das Zimmer, die Straße, den Ort, das Land, ist ebenso Menschwerk wie alles andere und ist für die Vorgängergeneration selbst Abfall. Herbeigewandelt, wird es bald wieder weggewandelt. Abfall von der Herkunft und der Heimat, die durch die Zeit ständig verlorengeht. Es gibt kein besseres Früher. Alles andere wäre Unsinn und eine bloße *laudatio temporis acti*.

Und doch: So einfach verhält es sich auch wieder nicht. Es gibt kein besseres Früher, und doch unterscheidet sich jedes eigene Früher von der Gegenwart durch folgendes: Früher waren die Willensakte der Menschheit um einen herum in den Dingen noch nicht sichtbar, das muß man als Mensch erst sehen lernen, wenn man denn überhaupt Augen dafür hat. Die Dinge schwiegen und waren noch ohne die Menschen und einfach da –

auch wenn das, wie gesagt, eine irrationale Perspektive ist. Denn wenn man neben der Chemohöllenfabrik von *Pfisters Mühle* aufgewachsen ist, dann schweigt auch sie und ist einfach da, so wie für die neu auf die Welt kommenden Wetterauer die Ortsumgehungsstraße einfach und ungefragt da sein wird als ein Stück von jeher seiender Ewigkeit. Genauso jungfräulich bin ich zeit meines Lebens über die sogenannte Burgchaussee in Friedberg in der Wetterau gelaufen, eine gigantische Aufschüttung am Westhang unserer alten Burg, das ist die ursprüngliche B3, die jetzt umgangen wird. Die Welt meiner Kindheit war ja auch eine Baggerwelt. Und dennoch schwiegen die Dinge und wirkten noch nicht bedrohlich. Das ist keine *laudatio* einer vergangenen Zeit, aber es ist phänomenologisch interessant, denn es gibt uns ein Instrument an die Hand: Aus diesem früheren Schweigen der Dinge nämlich, und nur aus ihm, kann eine Gegenwelt simuliert werden, versuchsweise, testweise, man bekommt eine Ahnung von der Kindheit her, wie es wäre, wenn die Menschen nicht dauernd rastlos tun und wollen und stets alles herbeiwandeln und wieder wegwandeln würden. Wie es wäre, wenn sie mit einer Demut durchs Leben gehen würden. Wie es wäre, wenn sie weniger wollten. Wenn auch, wie gesagt, das irrational ist. Es gibt kein besseres Früher, aber es kann am Früher gezeigt werden, was wir sind. Denn was anschließend kam, waren immer wir. Wir sind eine Wandlungsmaschine. Zu Raabes Zeit hieß das noch Fortschritt. Bei Raabe selbst heißt das nur Verlust.

Vielleicht rührt bei Raabe daher dieser Widerwille, geradeaus irgendwo zielstrebig ankommen zu wollen. Die Zeitachse nach vorn soll ganz aufgelöst werden, nicht im Sinne einer Utopie der guten Gegenwart. Aber manchmal ist mir so, als wollte Raabe die Menschen, die Leser, uns, am liebsten fesseln, nicht mit Spannung, sondern mit wirklichen Stricken, vielleicht sogar mit den Stricken einer äußert kunstvollen Langeweile, damit wir einsehen könnten, daß wir nicht ständig dies und das tun und haben und erreichen müssen, sondern damit wir uns, so gefesselt, unserer eigenen Nervosität bewußt werden, die zu all dem führt, was ständig um uns herum passiert, in dem die Dinge dauernd von uns ins Nichts gewandelt werden. Heinrich Schaumann alias Stopfkuchen, Minchen Ahrens in *Altershausen*, all die Daheimgebliebenen, deren Leben in unsäglich schleppender Langsamkeit verläuft, das sind die Helden Raabes, natürlich zum Graus der damaligen Leserschaft. Daß Raabe auch wesentlich deutlicher schmerzhaft und spektakulär werden konnte, zeigt er nur einmal, und hier wird die Folie des Schmerzes, die allem zugrunde liegt, ganz und gar sichtbar. Ich rede von der großen Figur Velten Andres in *Die Akten des Vogelsangs*. Den treibt die große Unruhe, die natürlich auch Raabe hatte, in seine Träume und in die große Weite und in die Freiheit hinaus, und es gibt keinen Helden Raabes, der jämmerlicher und trauriger und notwendiger zugrunde geht als er. Das ist die andere Seite, die der Sehnsucht. Der tödlichen Sehnsucht nach Leben, die das Leben ist. Wer nahe an Raabe herangekommen ist, dem vibriert dieser

Schmerz aus allen seinen Sätzen entgegen. Gemütlich ist in dieser Prosa gar nichts. Vielmehr bleibt am Ende: Eigentlich müßten wir vor Schmerz sterben wie Velten Andres oder daheim bleiben wie Minchen Ahrens. Wir aber sind immer nur die dazwischen. Uns gelingt weder das eine noch das andere. Uns gelingen höchstens Ortsumgehungsstraßen, auf denen wir dann möglichst schnell an ein Ziel kommen, als könnte das helfen.

Andreas Maier

Veröffentlichungen im Suhrkamp Verlag

Das Zimmer. Roman. 2010. 203 Seiten. Gebunden.

Onkel J. Heimatkunde. 2010. 131 Seiten. Gebunden.

Sanssouci. Roman. 2009. 298 Seiten. Gebunden.
(auch lieferbar als suhrkamp taschenbuch 4165. 2010)

Ich. Frankfurter Poetikvorlesungen. 2006. 151 Seiten. edition suhrkamp 2492.

Kirillow. Roman. 2005. 352 Seiten. Gebunden.
(auch lieferbar als suhrkamp taschenbuch 3778. 2006)

Klausen. Roman. 2002. 216 Seiten. Gebunden.
(auch lieferbar als suhrkamp taschenbuch 3569. 2004)

Wäldchestag. Roman. 2000. 315 Seiten. Gebunden.
(auch lieferbar als suhrkamp taschenbuch 3381. 2002)

Andreas Maier, Christine Büchner: **Bullau.** Versuch über Natur. 2008. 127 Seiten. suhrkamp taschenbuch 3947.

NF 385/1/2.11